Vipers Heart

Rose C. Velvet

Impressum:
Bibliografische Information der Deutschen Nationalbibliothek. Die
Deutsche Nationalbibliothek verzeichnet diese Publikation in der
Deutschen Nationalbibliografie; detaillierte bibliografische Daten
sind im Internet über http://dnb.d-nb.de abrufbar.
Veröffentlicht bei Infinity Gaze Studios AB
1. Auflage
Februar 2024
Alle Rechte vorbehalten
Copyright © 2024 Infinity Gaze Studios
Texte: © Copyright by Rose C. Velvet
Cover & Buchsatz: Valmontbooks

Infinity Gaze Studios AB
Södra Vägen 37
829 60 Gnarp
Schweden
www.infinitygaze.com

Part I – Erwachen

„SO VERHEIẞUNGSVOLL DER MORGEN AUCH SEIN MAG, WIRD ER DOCH STETS IM SCHOẞ DER DUNKELHEIT GEBOREN"

Ein schmerzhaftes Pochen bahnt sich seinen Weg durch den Nebel meines Unterbewusstseins. Angestrengt öffne ich erst das eine, dann das andere Auge. Wie die Wellen eines wütenden Ozeans schwappt Übelkeit über meinen Körper und ich setze mich abrupt auf. Mein Magen zieht sich schmerzhaft zusammen, während ich versuche das Würgen mit tiefen Atemzügen zu unterdrücken.

„Scheiße", stöhne ich und schwinge meine nackten Füße langsam über die Bettkante. Irritiert blicke ich mich um. Es dauert einen Moment bis mein Verstand verarbeiten kann, was meine Augen sehen.

„Das soll wohl ein Scherz sein…"

Mit großen Augen starre ich fassungslos zu den Gitterstäben, die mich zu allen Seiten umgeben. Um sicher zu gehen, dass ich nicht total übergeschnappt bin oder einfach nur träume, stehe ich auf und berühre vorsichtig einen der Stäbe. Das glänzende Metall fühlt sich unangenehm kalt unter meinen Fingerspitzen an. Das darf doch wohl alles nicht wahr sein. Ein Albtraum. Ja genau…das muss es sein. Ich befinde mich einfach in einem total abgefuckten Albtraum. Mit zusammengepressten Lippen kneife ich mir einmal beherzt in den Unterarm, nur um festzustellen, dass das tierisch weh tut und ich immer noch in diesem Käfig sitze. In meinem Kopf schwirren die Gedanken wie ein aufgeregter Schwarm Vögel hin und her, unmöglich einen von ihnen einzufangen. Soll ich schreien? Oder weinen? Mich zusammenrollen und selbst bemitleiden? Nichts davon scheint mir wirklich sinnvoll zu sein. Einen kühlen Verstand bewahren, das ist was jetzt zählt. Seufzend lasse ich mich wieder auf dem Bett nieder, das sich neben einem Tisch, einem Stuhl und einem Nachtschränkchen im Inneren des Käfigs befindet. Der Boden ist mit einem flauschigen Teppich ausgelegt, dessen Fasern unter meinen Fußsohlen kitzeln.

Es wirkt beinahe schon…liebevoll eingerichtet. Als meine Hand über die Bettdecke streicht steigt mir der Duft von Waschmittel in die Nase. Blumig. Eine wohltuende Abwechslung zu dem Schimmelgeruch, der schwer in der Luft hängt. Auf dem Boden neben dem Bett steht eine Wasserflasche. Ich schlucke schwer. Die Trockenheit in meinem Hals schnürt mir förmlich die Kehle zu. Langsam greife ich nach der Flasche und hebe sie hoch. Mit argwöhnischem Blick inspiziere ich den Verschluss. Sie scheint ungeöffnet zu sein und auch sonst kann ich keine Einstichstellen oder anderen Öffnungen erkennen, über die man giftige Substanzen hinzugemischt haben könnte. Es zischt leise, als die Kohlensäure unter dem sich öffnenden Deckel entweicht. Die kühle Flüssigkeit strömt wohltuenden meinen Hals hinab, während ich in gierigen Schlucken fast die komplette Flasche leere. Ich fühle mich, als hätte ich den Kater meines Lebens. Plötzlich blitzen Erinnerungsfetzen vor meinem inneren Auge auf. Eine Bar, Alkohol und eine geheimnisvolle Verabredung.

„Ok, du musst Ruhe bewahren. Woran kannst du dich noch genau erinnern?", flüstere ich mir selbst zu.

Ich atme einmal tief durch, bevor ich mich in den Schneidersitz begebe und die Augen schließe. Fünf Sekunden ein- und fünf Sekunden ausatmen. Immerhin zahlen sich jetzt die hundertfünfzig Euro für den Yoga- und Meditationskurs jeden Monat aus. Langsam entspannen sich die Muskeln in meinem Körper. Mein Herzschlag verlangsamt sich allmählich, während ich tief in den Schubladen meines Gedächtnisses krame. Ich war auf einem Date, einem Blinddate. Konzentriert versuche ich den Abend zu rekonstruieren, aber da sind so viele Lücken. Ich weiß noch, wie ich zu Hause zurecht gemacht habe. Sollten die also meine Leiche finden, dann würde ich wenigstens eine hübsche Tote abgeben. Kopfschüttelnd versuche ich diese negativen und vor allem unproduktiven Gedanken zu vertreiben und mich wieder auf meine Erinnerungen zu fokussieren. Ich habe mir ein Taxi genommen und bin zu der kleinen Bar außerhalb der Stadt gefahren. Unser Treffpunkt. Er hat mir geschrieben, dass er sich verspäten würde. Was war dann? Obwohl ich mir ein Wasser bestellt habe, hat der Barkeeper mir etwas anderes gebracht. Würde aufs Haus gehen. Was war das nochmal?

Vor meinem inneren Auge kristallisiert sich das Bild eines gezuckerten Glasrandes, darunter eine lila Flüssigkeit die geheimnisvoll im schummrigen Licht der Bar schimmert. Vipers Heart. Ein Cocktail ganz ohne Eis. Süßlicher Geschmack und danach…nur Dunkelheit. Als ich meine Augenlider aufschlage, zeichnet sich eine Zornesfalte zwischen meinen Augenbrauen ab. Dieser Barkeeper. Er muss mir etwas ins Glas getan haben. Außer ihm ist niemand sonst ist an diesem Abend so nah an mich herangekommen. Jeder warnt dich vor dem Fremden im Club, der dir etwas ins Glas mischen könnte, aber keiner verdächtigt die Person, der die Getränke zubereitet. Das Arschloch hat mit den Eiswürfeln gegeizt und mir dafür ein paar K.O-Tropfen ins Glas geschüttet. Ich versuche mich krampfhaft an sein Gesicht zu erinnern, aber da ist nur ein schemenhafter Schatten. Wenn ich diesen Wichser in die Hände komme, kratze ich ihn mit meinen sündhaften teuren Gelnägeln die Augen raus. Wie lange wird es wohl dauern, bis mich jemand vermissen wird. Innerlich verfluche ich meinen introvertierten Lifestyle der letzten Jahre. Wenig Freunde, eine Stelle im Homeoffice und eine instabile Familie, die hunderte Kilometer weit weg wohnt. Es könnte Tage dauern, bis jemandem mein Verschwinden auffällt. Mit hängenden Schultern erhebe ich mich vom Bett und laufe unruhig hin und her. Zehn Schritte von links nach rechts, vierzehn Schritte von oben nach unten. Mehr Platz habe ich nicht. Plötzlich bleibt mein Blick an einem Stück Leder hängen, das unter dem Bett hervorlugt. Meine Handtasche. Wie ein Raubtier stürze ich mich darauf und zerre sie hervor nur um dann hektisch darin herumzukramen. Lippenstift, Feuerzeug, Taschentücher, so viel unnütze Scheiße, aber weder Handy noch Geldbörse.

„Suchst du das?"

Erschrocken zucke ich zusammen. Mein Kopf schnellt in die Richtung, aus der die raue Stimme soeben kam. Unter dem kargen Licht der surrenden Neonröhre, halb versteckt im Schatten, steht ein großgewachsener Mann. Seinen Oberkörper hat er lässig gegen die Wand gelehnt, während er mir mit meinem Handy in der Hand zuwinkt.

„Wer bist du?", frage ich vorsichtig.

„Du kannst mich Sam nennen.", erwidert er und tritt dabei etwas weiter in das Licht hinein. Für einen kurzen Moment starre ich ihn sprachlos an, dann macht es Klick.

„Der Barkeeper", flüstere ich, woraufhin ein Lächeln seine Lippen umspielt. Mit einer lässigen Bewegung streicht er sich das dunkle Haar nach hinten aus dem Gesicht.

„Exakt. Du scheinst ja schon wieder richtig fit zu sein. Bei den anderen hat das meist länger gedauert. Was macht der Kopf?"

„Bei den anderen?", wiederhole ich seine Worte. Meine Stimme ist nicht mehr als ein leises Krächzen.

„Oh, ich weiß, dass ihr Frauen das nicht gerne hört, aber ich muss dich gleich enttäuschen, Schätzchen. Du bist nicht meine Erste.", entgegnet er mit zuckersüßer Stimme. Langsamen Schrittes geht er auf den Käfig zu, bevor er sich nach unten beugt und eine Tablettenpackung durch die Gitterstäbe schiebt.

„Hier, gegen die Kopfschmerzen und die Übelkeit."

Zögernd hebe die Packung auf und betrachte sie. Es ist handelsübliches Aspirin.

„Danke.", sage ich mit kalter Stimme und finsterem Blick.

Danke? Bin ich total bescheuert? Der Typ hat mich betäubt und eingesperrt und ich bedanke mich für eine dämliche Packung Aspirin?

„Du bist überraschend ruhig für jemanden, der gerade in einem fremden Keller aufgewacht ist", stellt er mit leicht schiefgelegtem Kopf fest.

„Und du siehst überraschend normal aus für einen Psychopathen", halte ich dagegen, woraufhin sein kehliges Lachen die Luft zum Vibrieren bringt.

„Du gefällst mir, Schätzchen. Deine Vorgängerinnen haben es bevorzugt, sich am Anfang die Kehle aus dem Leib zu schreien. Und das so lange, bis von ihren hübschen Stimmen nicht mehr viel übriggeblieben ist."
Ich zucke mit den Schultern. Mir ist klar, dass er mich provozieren will, aber darauf lasse ich mich nicht ein.

„Es hätte mir offensichtlich nicht viel gebracht nach Hilfe zu schreien. Die Kellerwände sind aus Stein, niemand hätte mich gehört. Mit Ausnahme von dir vielleicht. Oder ist es das was du willst? Macht es dich geil, wenn du sie vor Angst schreien hörst?", antworte ich ruhig und blicke ihm dabei direkt ins Gesicht. Seine Augen fixieren mich. Sie sind von einem dunklen grün. Wie ein Nadelwald, durch dessen dickes Blätterdach kein einziger Sonnenstrahl fällt.

Er lehnt sich ein Stück nach vorne, so dass ich seinen Atem durch die Stäbe hindurch auf meinem Gesicht spüren kann.

„Tatsächlich gefällt es mir, wenn meine Spielzeuge schreien. Aber ich bevorzuge es, wenn sie das aus Ekstase heraus tun."

Schnell wende ich den Blick ab, um mir nicht anmerken zu lassen, wie sehr mich seine Worte aus dem Konzept bringen.

„Wo sind sie?"

Meine Frage scheint ihn zu überraschen, denn er hebt verwundert eine Augenbraue.

„Die anderen Frauen. Wo sind sie jetzt?", hake ich weiter nach.

Er scheint einen Augenblick nachzudenken bevor er antwortet: „Würde es dich beruhigen, wenn ich dir verspreche, dass sie jetzt an einem besseren Ort sind?"

„Wohl kaum.", schnaube ich verächtlich.

„Dachte ich es mir. Dann sagen wir einfach, dass sie jetzt nicht mehr hier sind. Dir gehört also meine ungeteilte Aufmerksamkeit."

Eine Ehre auf die ich absolut verzichten könnte. Ich weiß selbst nicht, warum ich diese Frage gestellt habe, konnte ich mir die Antwort doch bereits denken.

„Ich lass dir jetzt erst einmal etwas Privatsphäre. Wir haben später noch genug Zeit uns ein bisschen besser kennenzulernen.“
Mit diesen Worten wendet er sich von mir ab und marschiert in Richtung der Treppen die scheinbar ins Erdgeschoss hinaufführen. Seine Hand wandert zu dem Lichtschalter, der sich neben dem Aufstieg befindet. Doch bevor er ihn betätigen kann, rufe ich laut: „Warte!“
Verdutzt blickt er über seine Schulter zu mir herüber.

„Ich brauche noch ein Glas Wasser für die Tablette. Außerdem muss ich auf die Toilette und bevor du jetzt etwas sagst, ich werde mit Sicherheit nicht in einen beschissenen Eimer oder so etwas machen. Vorher explodiere ich lieber und dann musst du die Sauerei irgendwann aufwischen.“, sprudelt es nur so aus mir heraus.
Für einen Moment betrachte Sam mich schweigend, bevor er sich kopfschüttelnd in Bewegung setzt und zum Käfig zurückkehrt.

„Wenn du versucht mich an der Nase herumzuführen, dann…“

„Habe ich nicht vor, versprochen. Ich werde ganz brav sein.“, unterbreche ich ihn und hebe dabei beschwichtigend die Hände ein wenig nach oben. Begleitet von einem Seufzen und dem Klirren eines schweren Schlüsselbundes, öffnet Sam die Käfigtür. Als ich keine Anstalten machen mich zu bewegen, bedeutet er mir mit einer Handbewegung zu ihm zu kommen. Vorsichtig mache ich einige Schritte auf ihn zu, als er plötzlich meinen Oberarm greift und mich zu sich heranzieht. Ich spüre, wie er sein Gesicht in meinem Haar vergräbt.

„Du riechst wirklich köstlich."
Seine Worte jagen mir einen Schauer über den Rücken. Doch da ist nicht nur diese lähmende Angst. Auch, wenn ich es nicht wahrhaben will, spüre ich noch etwas anderes tief in mir. Erregung. Nach wenigen Sekunden lockert Sam seinen Griff und schubst mich sanft in Richtung Treppenaufstieg.

Part II — Hunger

„DIE GIER VERSCHLINGT STETS DEN VERSTAND"

Der feuchte Keller gehört zu einem überraschend modernen Haus. Viel Glas und hellgrauer Beton. Unter meinen nackten Füßen fühlt sich der glattpolierte Boden unangenehm kalt an. Während ich Sam den schmalen Flur entlang folge, lasse ich meine Augen vorsichtig umherwandern. Geschmackvolle Bilder moderner Kunst zieren die hellgrauen Wände. Keine Fotos oder andere persönliche Gegenstände. Alles hier wirkt kühl und unpersönlich, wie aus einem Einrichtungskatalog. Mein Blick bleibt an Sams Rücken und seinen breiten Schultern hängen. Unter dem Stoff seines enganliegenden Shirts kann ich die Muskeln arbeiten sehen. Als ich nach unten sehe, fällt mir auf, dass er ebenfalls barfuß unterwegs ist. Die Hände in die Taschen seiner lockeren Jogginghose vergraben führt er mich schweigend in den Raum am Ende des Flurs. Die Küche.

Eine Front aus Glas erstreckt sich direkt vor mir, als ich in die Mitte des Zimmers trete. Ich runzle die Stirn, als ich über die Fenster nach draußen sehe. Wohin zum Teufel hat mich dieser Dreckskerl verschleppt? So weit das Auge reicht nur Bäume und düsterer Wald. Weder kann ich am nächtlichen Horizont die Lichter der Stadt noch andere Anzeichen von Zivilisation erkennen. Der einzige Hinweis auf Leben ist meine Silhouette am Fenster, die sich verschwommen in der schwarzen Oberfläche des unter uns liegenden Sees spiegelt.

„Schön ruhig hier, oder? Nahezu idyllisch. Ich kann den Lärm der Stadt nicht mehr ertragen. Die künstlichen Lichter und der Gestank. Wie soll man da zur Ruhe kommen?", raunt Sam mir zu, als er sich direkt hinter mich stellt. Sein Atem streicht warm über meinen Nacken. Erschrocken zucke ich zusammen, als er seine Hände auf meine Schultern legt. Seine schlanken Finger streicheln die empfindliche Stelle, dort wo mein Hals in die Schultern übergeht.

„Wolltest du nicht auf die Toilette? Das Bad befindet sich hinter der zweiten Tür rechts von hier. Dort findest du auch eine Dusche und frische Kleidung. Mach dich sauber, aber lass mich nicht zu lange warten", erklärt er. Dabei wandern seine Hände meine Oberarme hinunter und ich kann seine Nasenspitze an meinem Hinterkopf spüren. Langsam winde ich mich aus seinem Griff und gehe an ihm vorbei in Richtung des Badezimmers.

„Ach ja…bevor du irgendwas versuchst, die Haustür ist verschlossen. Um sie zu öffnen, benötigst du einen Code und der befindet sich nur hier.", mahnt er mich und tippt sich dabei mit dem Zeigefinger an die Schläfe. Über meine Schulter hinweg nicke ich ihm zu, bevor ich hinter der Badezimmertür verschwinde. Der Raum ist groß und luxuriös eingerichtet. Keine Fenster, keine Fluchtmöglichkeit. Mein Blick fällt auf einige Kleidungsstücke die sorgfältig zusammengelegt und auf einem kleinen Plastikhocker drapiert wurden. Unterwäsche, Leggins und ein bequem aussehendes Oberteil aus dünnem Material. Alles in meiner Größe. Die Farben der Stoffe sind bereits verblichen, als wären sie nicht neu. Mir läuft ein Schauer über den Rücken. Woher stammt diese Kleidung? Gehörte sie einer der Frauen, die vor mir hier waren? Verlangt er von mir die Klamotten einer Toten zu tragen? Seufzend entkleide ich mich und steige in die Dusche.

Mit angenehmen Druck prasselt das Wasser über meinen Körper und hüllt mich in wohlige Wärme. Wie konnte es nur so weit kommen? Solche Horrorgeschichten passieren doch immer nur anderen und nicht einem selbst. Ich bin gefangen in diesem Haus mit einem verrückten Psychopathen und das Einzige was übrig bleibt um zu überleben ist, sein krankes Spiel mitzumachen. Zumindest vorerst, bis mir etwas Besseres einfällt. Doch da ist etwas in mir, dass ich nicht erklären kann. Ich spüre eine Art…Zuneigung. Zuneigung? Wie kann das sein? Ich kenne dieses Arschloch doch gar nicht und doch lässt es sich nicht leugnen. Noch immer kann ich seine Berührung auf meiner Haut spüren. Dieses zärtliche Kitzeln. Und ich will mehr davon. Während das Wasser über meinen nackten Körper perlt, wandert meine Hand langsam über meine Brust. Mit zwei Fingern massiere ich meinen steif gewordenen Nippel, bevor ich weiter nach unten wandere. Langsam lege ich meinen Kopf in den Nacken, als meine Hand zwischen meinen Schenkeln verschwindet. In Gedanken folgen seine Hände den meinen. Zeichnen jede Kurve meines Körpers nach, als wären sie die feinen Linien einer Landkarte. In mir wächst das Verlangen nach mehr.

Für einen Moment ruhen meine Fingerspitzen auf meinen zarten Lippen, bevor ich sie langsam auf und ab bewege. Zur Belohnung spüre ich ein erregendes Ziehen, das sich in meinem gesamten Schoß ausbreitet. Ich wünschte es wären seine schlanken Finger, die sich fordern zwischen meinen pulsierenden Lippen bewegen. Ein leises Stöhnen entfährt mir, als ich bereit bin, tiefer in meine feuchte Wärme einzudringen. Doch plötzlich reißt mich ein lautes Klopfen aus meinem lustvollen Treiben. Überrascht verharre ich in der Bewegung.

„Ja?"

„Alles in Ordnung da drin?"
Seine Stimme klingt rau und ungeduldig.

„Ich bin gleich da!", rufe ich ihm über die geschlossene Tür hinweg zu. Eilige steige ich daraufhin aus der Dusche und trockne mich ab. Noch immer kann ich dieses sehnsüchtige Ziehen in meinem Unterleib spüren. Wasserdampfschwaden ziehen träge durch das Badezimmer, als ich mich mit unzufriedener Miene ankleide und meine Haare föhne. Sauber und trocken öffne ich die Badezimmertür und keuche auf, als sich Sam direkt vor mir aufbaut.

Er lehnt sich gegen den Türrahmen, sodass ich nicht nach draußen treten kann. Hat er hier die ganze Zeit gestanden und gelauscht?

„Hat ja ganz schön lange gedauert. Du sollest dir gleich mal merken, dass es keine gute Idee ist mich warten zu lassen.", brummt er und wendet sich daraufhin von mir ab. Ich folge ihm zurück in die Küche. Während meiner Abwesenheit scheint er den Tisch gedeckt zu haben. Auf der hölzernen Platte befinden sich zwei Gedecke und eine gläserne Vase mit blutroten Rosen. Außerdem steht ein Laptop dort. Als Sam meinen Blick bemerkt, klappt er ihn zu und schiebt das Gerät an die Kante des Tisches.

„Ich dachte mir, dass du vielleicht Hunger haben könntest. Setz dich bitte."
Wie ein waschechter Gentleman aus den alten Filmen zieht er den Stuhl zurück, so dass ich darauf Platz nehmen kann. Weniger gentlemanlike ist, was danach passiert. Er beugt sich nach unten und ich kann ein leises Klirren vernehmen. Als sich das kalte Metall der Schließe um meinen nackten Knöchel legt, zucke ich leicht zusammen.

„Zu kalt? Das tut mir leid. Aber keine Sorge, das Gefühl geht gleich vorbei.", murmelt er, während er beinahe andächtig über das Metall und meine Haut streicht.

„Ist das wirklich notwendig?"
Auf meine Frage hin lacht er leise, bevor er sich wieder erhebt und nach meinem Kinn greift. Mit einer sanften Bewegung hebt er meinen Kopf so, dass ich ihn direkt ansehen muss.

„Das dient deiner und meiner Sicherheit. Wir kennen uns doch noch gar nicht so lange, daher weiß ich nicht, ob ich dir vertrauen kann. Und Vertrauen ist das A und O in einer funktionierenden Beziehung", erwidert er und drückt mir anschließend einen Kuss auf die Stirn. Mit zusammengezogenen Augenbrauen beobachte ich, wie er zum Kühlschrank geht und eine Packung mit rohem Fleisch herausholt.

„Du magst ja Steaks. Ich werde uns was Köstliches zaubern. Dauert auch nicht lange, versprochen.", lächelt er mir über die Schulter hinweg zu, bevor er sich wieder dem Fleisch widmet. Ich gebe einen Scheiß auf seine Versprechen. Für einen Moment herrscht unangenehmes Schweigen zwischen uns. Da ist nur das Geklapper von Geschirr und das Zischen der Butter, die allmählich in der Pfanne schmilzt.

„Woher weißt du das?“

„Was meinst du?“, hakt er nach, ohne mich dabei anzusehen.

„Woher weißt du, dass ich Steak mag?“, wiederhole ich meine Frage.

„Oh Liebling, ich weiß fast alles über dich. Ich weiß, dass deine Lieblingsblume die Rose, dass dein Lieblingsgetränk Diät Cola und dass deine Lieblingsjahreszeit der Herbst ist. Dein liebster Horrorfilm ist Scream, du magst das Meer und wenn der salzige Wind über deine Haut streicht. Du hasst deinen Job, weil er die zu eintönig ist und deiner Kollegin würdest du am liebsten tagtäglich den Hals umdrehen und…“

„Schon gut, ich hab es verstanden“, unterbreche ich seine Ausführungen.

„Du klingst sauer. Ich dachte Frauen mögen es, wenn ihr Mann sich für sie interessiert.“, entgegnet er leichtfertig und wendet dabei das Steak in der Pfanne.

„Woher weißt du das alles?“, flüstere ich.

„Das meiste hast du mir in unseren nächtlichen Chats erzählt und den Rest habe ich mir selbst erarbeitet. Man lernt viel über die Menschen, wenn man sie beobachtet. Daher weiß ich auch, dass du nicht ohne Hintergrundgeräusche einschlafen kannst. Und dass du immer zwei Decken brauchst, weil du sonst frierst. Du kannst nichts vor mir verbergen. Ich kenne alle deine Geheimnisse. Auch die dunklen, die so angestrengt vor der Welt zu verstecken versuchst. "

Es dauert einen Moment, bis ich die Tragweite seiner Worte begreifen. Dieser Psycho hat mich gestalkt und ich habe es nicht bemerkt. Aber was meint er mit Chats? Für einige Sekunden starre ich ihn verständnislos an, bevor es mir wie Schuppen von den Augen fällt. Die Dating-App. Von wegen vertrauensvoll. Kundensicherheit am Arsch. Wenn ich hier rauskomme, dann wird eine vernichtende Google-Bewertung deren geringstes Problem sein. Sam ist der Mann mit dem ich die ganze Zeit über geschrieben hatte. Er muss ein Fakeprofil erstellt habe. Verdammte Scheiße. Wie viele arme Frauen sind wohl bereits vor mir auf diese Nummer hereingefallen?

„Du siehst nicht so aus wie auf dem Bild", entgegne ich nach einer Weile trocken woraufhin ich nur ein kaltes Lachen als Antwort erhalte.

„Außerdem weiß ich gar nicht wovon du da sprichst. Ich bin eine normale Frau. Da gibt es keine dunklen Geheimnisse."

Auf meine Aussage hin dreht sich Sam zu mir und deutet mit den Pfannenwender in meine Richtung bevor er ein mir unbekanntes Zitat wiedergibt: „Denn wer sich Schuld bewusst, lebt stets in Sorgen, dass jeder sehe, was in der Brust verborgen."

Was soll das? Will er mir etwa drohen? Oder ist das nur ein nett gemeinter Hinweis? Als ob dieser Typ nett sein könnte. Ein Irrer ist er. Ein gutaussehender Freak. Nicht mehr und nicht weniger. Ich gebe nicht zu erkennen, dass mich die Botschaft hinter diesen Worten sehr beschäftigt. Stattdessen begnüge ich mich damit, ich schweigend bei der Zubereitung des Essens zu beobachten. Mein Blick ist dabei fest auf seinen muskulösen Rücken gerichtet. Ein köstlicher Geruch erfüllt den gesamten Raum und mir läuft das Wasser im Mund zusammen. Nach einer gefühlten Ewigkeit dreht Sam sich wieder um. In seinen Händen balanciert er zwei perfekt angerichtete Teller. Doch bevor er einen davon vor mir abstellt, verharrt er abrupt mitten in der Bewegung.

„Leg es wieder hin, Liebling."

Seine Stimme ist eisig. Hinter den wenigen Worten versteckt sich eine glasklare Drohung. Meine Finger legen sich fester um den Griff des

Steakmessers, welches ich unter dem Tisch versteckt halte. Unbemerkt hatte ich es mir geangelt, als Sam mit den Vorbereitungen für das Abendessen beschäftigt war.

„Es würde mich sehr wütend machen, wenn du unser romantisches Dinner versaust. Und du willst mich doch nicht wütend machen…oder? Nein, das willst du nicht. Also. Leg. Es. Hin." Ertappt und leicht verängstigt folge ich seiner unterkühlten Aufforderung und lege das Messer zurück auf den Tisch.

„Dankeschön", brummt er daraufhin und platziert einen Teller direkt vor mir, bevor er mit seiner eigenen Portion am Tisch Platz nimmt.

„Guten Appetit", lächelt er mir zu. Es überrascht mich, wie schnell er die Rollen ablegen und tauschen kann. Von einer auf die andere Minute wird aus dem sanftmütigen Mann vor mir, ein gnadenloses Raubtier. Zögerlich greife ich nach meinem Besteck.

Das Steak ist perfekt angebraten. Mühelos gleitet das Messer durch den Muskel. Aus dem Schnitt sickert der rötliche Fleischsaft, wie Blut aus einer Wunde. Ein kleiner Bissen wandert von der Gabel in meinen Mund. Erst beim Kauen bemerke ich, wie hungrig ich wirklich bin.

„Schmeckt es dir?", erkundigt sich Sam, der jede meiner Bewegungen beobachtet, hoffnungsvoll. Ich nicke langsam, während sich der Geschmack der Röstaromen auf meiner Zunge ausbreitet. Es ist tatsächlich sehr lecker, das muss ich zugeben.

„Womit hast du das gewürzt?", will ich wissen, während ich versuche das mir fremde Aroma einzuordnen.

„Nur Salz und Pfeffer. Ich lasse das Fleisch gerne für sich sprechen. Es ist gut, oder? Und das, obwohl es aus Käfighaltung stammt.", erklärt er mir beinahe stolz. Seine Mundwinkel kräuseln sich zu einem verschmitzte Lächeln. Als sich unsere Blicke treffen, verharre ich mitten in der Bewegung.

„Es ist wichtig, über die Herkunft des Fleisches Bescheid zu wissen, weißt du. Von der Haltung bis hin zum Namen sollte man versuchen, alles in Erfahrung zu bringen. Wie war der Name von dem Vieh noch gleich…Katja…Katrin…irgendwie so was. Ist schon eine Weile her, dass ich dieses Fleisch geerntet habe."

Sein Grinsen lässt es mir eiskalt den Rücken hinunterlaufen. Will er mir weiß machen, dass ich gerade dabei bin, eine meiner Vorgängerinnen verspeise? Nein, das glaube ich nicht. Ich würde doch merken, wenn man mir Menschenfleisch vorsetzt. Er will mich nur testen und treibt wieder seine Spielchen mit mir, da bin ich mir ganz sicher.

„Iss"

Wieder dieser kalte Ton und die unmissverständliche Drohung seinem Befehl zu folgen oder die Konsequenzen zu tragen. Es ist ein bösartiges Spiel, aber ein Spiel, das zwei Leute spielen können. Ich halte seinen Blick stand, während ein weiterer Bissen zwischen meinen Lippen verschwindet. Langsam kauend studiere ich sein Gesicht. Seine markanten Kiefer, den Schatten des Dreitagebartes, die hypnotisierenden Augen. Ich schlucke.

„Braves Mädchen", lobt er mich und genehmigt sich dann selbst ein weiteres Stück.

„Fick dich"

Die Worte kommen einfach so aus meinem Mund. Ein zorniger Gedanke, der sich seinen Weg nach draußen bahnte, bevor ich ihn zurückhalten konnte. Ein verehrender Fehler.

„Was hast du gesagt?"

Jetzt wäre ein guter Moment sich zu entschuldigen.

Vielleicht kann ich ihn mit etwas Süßholzgeraspel wieder besänftigen. Meinen Fehler gut machen und mein Überleben sichern. Aber die Wut in mir ist zu groß. Ich mein es so.

Der Penner soll sich in sein gottverdammtes Knie ficken. Jegliche Beherrschung schwindet und dem brodelnden Zorn und wieder kommen die Worte über meine Lippen ohne, dass ich es kontrollieren könnte.

„Ich sagte, dass du dich ficken sollst"

Danach passiert alles wahnsinnig schnell und mir bleibt kaum Zeit zum Luftholen. Mit der einen Hand greift Sam nach meinem Handgelenk, mit der anderen wischt er fast sämtliches Geschirr vom Tisch. Die Vase mit den wunderschönen Rosen, die Teller und Gläser, alles zerspringt klirrend auf dem Boden und zurück bleibt nur ein Scherbenmeer. Mit einer schnellen und geschmeidigen Bewegung ist er direkt bei mir. Mühelos wirft er mich mit dem Rücken voran auf Platte des Tisches, der unter dem Aufprall meines Gewichtes leise zu knarzen beginnt. Grob zwängt Sam sich dann zwischen meine strampelnden Beine.

„Und ich dachte, du wärst so ein wohlerzogenes Haustier. Da habe ich mich wohl getäuscht.

Aber keine Sorgen, ich treibe dir die Flausen schon aus deinem hübschen Köpfchen.", raunt er mir zu, während seine Hand zu meinem Hals wandert und fest zudrückt. Nicht fest genug um mir sämtliche Luft zu rauben, aber doch genug um schmerzhafte Abdrücke zu hinterlassen. Sein warmer Atem streicht über mein Gesicht, während er sich tiefer zu mir herunterbeugt.

Schon fast zärtlich knabbert er an meinen Ohrläppchen, was einen heißen Schauer durch meinen gesamten Körper jagt. Eine unerwartet sanfte Geste. Dennoch versuche ich ihn mit voller Kraft voll von mir wegzustoßen, aber es bleibt bei einem lächerlich erfolglosen Versuch.

„Süß", flüstert Sam heiser gegen meine Haut, bevor er sich wieder etwas aufrichtet. Mein Herz pocht heftig in meiner Brust, als würde es gleich herausspringen.

„Bitte", ist das einzige Wort, das ich über die zittrigen Lippen bringe.

„Bitte was? Bitte lass mich gehen? Ist es das, was du willst?"

Ich öffne meinen Mund um zu antworten, doch bevor auch nur ein Ton aus mir herauskommt, legt Sam sanft einen Finger auf meine Lippen.

„Bevor du antwortest, sollten wir uns vielleicht erst noch etwas ansehen.", lächelt er geheimnisvoll. Mit seiner freien Hand zieht er den Laptop zu sich, der noch immer unberührt an der gegenüberliegenden Tischkante steht. Nachdem Sam das Gerät aufgeklappt hat, spielt sich sofort automatisch ein Video ab. Meine Augen weiten sich vor Schreck als ich erkenne, was auf den bewegten Bildern deutlich zu sehen ist. Das bin ich unter der Dusche. Hier in diesem Haus. Man kann sehen, wie ich mich lustvoll selbst berühre. Wie mein Körper, über und über bedeckt mit kleinen Wasserperlen, erregt zittert.

„Perverses Arschloch", zische ich.

„Wer von uns ist hier der Perverse? Masturbieren in einer fremden Dusche, tun wohlerzogene Mädchen so etwas? Willst du mir wirklich weiß machen, dass du das hier nicht willst? Ich denke wir wissen beide, dass das eine Lüge wäre. Also nochmal vorne. Worum wolltest du mich bitten? Sollte das ein ‚Bitte fick mir auf diesem Tisch das Hirn raus' werden? Falls ja, dann wäre ich durchaus gewillt, deiner Bitte nachzukommen. Aber zuvor muss ich dich für deine vulgären Worte von vorher noch bestrafen."

Bestrafen? Mein Körper zieht sich vor Angst zusammen. Während meine Selbstbefriedigung in Dauerschleife neben uns abgespielt wird, bemerke ich, wie Sam seinen Arm ausstreckt. Ich versuche nach hinten zu blicken, um zu sehen, wonach er greift. Als ich das Steakmesser, das als einziges seinen Wutanfall unbeschadet überstanden hat, entdecke, entfährt mir ein leises Wimmern.

„Sh sh sh…sei still und bleib ruhig liegen.", wispert er mir mit sanfter Stimme zu, bevor er die Klinge mit der flachen Seite über mein Schlüsselbein führt. Das Metall fühlt sich kühl auf meiner erhitzten Haut an.

„Keine falsche Bewegung, Liebling. Wir wollen doch nicht, dass deine makellose Haut einen Kratzer abbekommt. Das wäre zu Schade.", mahnt er mich. Ich tue wie mir geheißen und bleibe regungslos liegen. Mein Atem geht schnell und mein Brustkorb hebt und senkt sich unter den unregelmäßigen Zügen. Ich schließe die Augen und spüre, wie er die Klinge zwischen meinen Brüsten ansetzt.

„Öffne die Augen. Ich will, dass du mich dabei ansiehst.", befiehlt er in einem harschen Ton, der keinen Widerstand zulässt.

In dem Moment, in dem ich meine Augen öffne, ist ein reißendes Geräusch zu hören. Mit präzisen Bewegungen führt Sam die Klinge über meinen Körper und zerschneidet dabei die Fasern meiner Kleidung. Erst das Shirt samt BH, dann die Leggins. Alles fällt seiner Klinge zum Opfer, bis ich fast vollkommen nackt bin. Vor Angst und Scham schwer keuchend liege ich regungslos da, was ihm ein zufriedenes Grinsen entlockt.

„Du bist so folgsam. Das gefällt mir an dir."

Mit diesen Worten beugt er sich wieder zu mir herunter und zwängt seine Zunge zwischen meine Lippen. Einem ersten Impuls folgend, beiße ich zu, woraufhin er zurückweicht.

„Oh du kleines Miststück", lacht er leise während er mit den Fingerspitzen vorsichtig die kleine Wunde an seiner Unterlippe inspiziert. Sie blutet ein wenig. Mit der Zunge leckt er darüber, bevor er sich wieder zu mir herunterbeugt.

„Auch das gefällt mir", kichert er, bevor er mit seinen Lippen erneut die meinen erkundet. Diesmal zärtlicher. Mein Körper reagiert entsprechend. Obwohl ich diesen Mann aus den Tiefen meines Herzes heraus hassen sollte, kann ich ihm doch nicht widerstehen. Jede seiner Berührungen ist elektrifizierend und bringt meinen Körper zum Erzittern. Je länger der Kuss andauert, desto mehr turnt es mich an, dieses dunkle Spiel aus Macht und Leidenschaft. Sam ist derjenige, der die Fäden in der Hand hält und er lässt mich an ihnen tanzen wie ein willenloses Püppchen. Ich kann sein Blut schmecken. Süß, metallen, sinnlich. Während seine Zunge mit der meinen spielt, raubt es mir förmlich den Atem. Ich will diese Zunge auf meinem gesamten Körper spüren, will, dass sie jeden Zentimeter an mir erkundet. Als hätte Sam meine Gedanken gelesen, leckt er mir ein letztes Mal über die Lippen, bevor er mit seinen sinnlichen Lippen meinen Kiefer und den Hals hinunter wandert. Er löst den Griff um meinen Hals und seine Hand gleitet hinunter zu meinen Brüsten. Erst massiert er sie ganz sanft, dann immer fordernder. Die kleinen Stoppeln seines Bartes kratzen über meine empfindliche Haut. Seine Finger spielen mit meinen Nippeln, lassen sie dabei hart werden. Hin und wieder kneift er neckisch zu, woraufhin der Mix aus Schmerz und Erregung meinen Körper zum Beben bringt. Sams Zunge fährt über meine Hals. Bahnt sich ihren weg über meine Schlüsselbeine hinunter zu meinen Brüsten.

Ich gehe ins Hohlkreuz, als er einen meiner Nippel in den Mund nimmt und daran zu saugen beginnt. Seine Zunge zieht Kreise. Erst kleine, dann immer größere. Ich kann spüren wie ich immer feuchter werde, während er an meinen Brüsten saugt. Auf einmal nehme ich seine Zähne auf meiner Haut wahr. Zunächst ist nur ein vorsichtiges Knabbern, bevor er schließlich zärtlich in eine der Brustwarzen beißt, die sich ihm auffordernd entgegenstrecken. Ich stöhne erregt auf, was ihn nur zu bestärken scheint. Genussvoll widmet er sich meinem anderen Nippel, saugt und leckt daran. Sein Speichel auf meiner Haut in Kombination mit der kühlen Luft lassen meine Knospen nur noch steifer werden.

„Du schmeckst so gut. Mal sehen, ob du an anderen stellen genauso köstlich bist", murmelt er gegen meine Haut, bevor er sich seinen Weg küssend über meinen Körper bahnt. Erst die Rippen, dann hinunter zu meinem Bauchnabel bis er meinen Innenschenkel erreicht. Sanft küsst er die empfindliche Haut, arbeitet sich dabei immer weiter hin zu meiner feuchten Mitte. Als ich seine Nasenspitze an meinem durchnässten Slip spüre, zucke ich zusammen.

„Betörend", flüstert er nach einem tiefen Atemzug.

Es kitzelt ein wenig, als er mit seinem Zeigefinger den feuchten Stoff zur Seite schiebt. Mein Körper zittert ungeduldig in Erwartung der Wonnen, die er mir mit seinen gierigen Lippen zu schenken vermag. Seine Zunge fährt zwischen meine Schamlippen. Ganz vorsichtig. Auf und ab. Meine Finger krallen sich um die Tischkante, während ich mich vor Lust winde.

Ich kann spüren wie Sam lächelt, während er mit Zunge sanfte Kreise um meine Klitoris zieht, bevor er neckisch daran zu saugen beginnt. Das Stöhnen aus meinem Mund wird immer lauter, als er sich erneut meinen glänzend feuchten Lippen widmet. Genüsslich lässt er seine Zunge von oben nach unten gleiten, bevor er die Spitze in meiner Pussy verschwinden lässt. Stöhnend bäume ich mich auf, doch er legt seine Hand auf meinen Bauch und drückt mich mit sanfter Gewalt zurück auf den Tisch. Dann packt er mit festem Griff meine Schenkel und spreizt meine Beine noch ein Stück weiter, um sein Gesicht tiefer in meiner nassen Mitte vergraben zu können. Immer weiter verstärkt er den Druck mit dem seine Zunge meine Klitoris in kreisenden

Bewegungen massiert. Meine Lust steigert sich ins Unermessliche und ich giere nach Erlösung. In meiner Ekstase winde ich mich immer heftiger, so dass Sam den Griff um meine Schenkel intensivieren muss, um mich besser unter Kontrolle zu halten. Das angenehme Ziehen in meinem Unterleib baut sich immer weiter aus. Ich kann spüren, wie sich mein Orgasmus nähert, doch bevor ich die so sehr ersehnte Erlösung erreichen kann, unterbricht Sam sein Liebesspiel. Enttäuscht seufze ich auf.

„Na na … ich hab dir doch gesagt, dass du erst bestraft werden musst. Diese Lektion wirst du lernen müssen, auch wenn es dir nicht gefällt.", erinnert er mich mit einem amüsierten Lächeln auf den glänzenden Lippen. Schmollend schiebe ich die Unterlippe nach vorne, was sein Lächeln nur noch breiter werden lässt.

„Hör auf zu schmollen und geh auf die Knie." Überrascht blicke ich zu ihm auf.

„Du hast mich schon verstanden. Auf die Knie mit dir.", wiederholt er seinen Befehl und streift sich dabei sein Shirt vom Oberkörper. Zum Vorschein kommen blasse Haut und wohldefinierte Muskeln. In meinem Kopf dreht sich alles. Die Welt um mich herum ist zu einem abstrakten

Gemälde verschwommen. Es ist mir nicht mehr möglich auch nur einen klaren Gedanken zu fassen. Das beinahe schmerzhafte Ziehen in meinem Unterleib betäubt meine Sinne und ich will nur eines: ihm gefallen und endlich Erlösung erlangen.

Langsam gleite ich vom Tisch und gehe vor ihm auf die Knie. Ich weiß genau was er will. Mit zittrigen Fingern öffne ich seine Hose und ziehe sie samt Boxershorts herunter. Sofort springt mir sein steifer Schwanz entgegen. Das Ding ist riesig. Für einen Moment zweifle ich ernsthaft daran, ob dieses Teil in meinen Mund passt. Mit festem Griff legen sich meine Finger um seinen Penis, was ihm ein leises Stöhnen entlockt. Mir gefällt dieses Geräusch. Ich will mehr davon. Ich will Macht. Macht über ihn und seine Lust. Macht über seinen Körper. Mit sanften und vorsichtigen Bewegungen beginne ich seine Eier zu massieren. Als ich zu ihm hochsehe, kann ich die Erregung in seinem Gesicht erkennen.

Ein köstlicher Anblick. Ich führe meine Lippen näher an seine Spitze heran und lecke vorsichtig über die Eichel. Das Zucken, das daraufhin durch seinen gesamten Körper jagt, spornt mich weiter an. Ich nehme mehr von seinem Schwanz in den

Mund. Lasse meine Zunge über seine Spitze gleiten, wie bei einem Eis zu dessen Kern man vordringen möchte. Sein Penis scheint noch größer und härter zu werden. Stück für Stück lasse ich ihn weiter in meine Mundhöhle gleiten. Mein Kiefer spannt unangenehm, aber ich ignoriere dieses Gefühl und beginne gierig zu saugen. Das schmatzende Geräusch, das ich dabei mache, scheint den gesamten Raum zu erfüllen.

„Tiefer.", befiehlt er in harschem Ton. Als ich seiner Aufforderung nicht sofort Folge leiste, vergräbt er seine Finger in meinem Haar und drückt meinen Kopf ruckartig näher zu sich heran. Mit meiner Zunge kann ich jede Ader seines harten Schwanzes ertasten, der sich erbarmungslos tiefer in meinen Mund schiebt.

„Braves Mädchen. Ich will, dass du jeden einzelnen Tropfen schluckst. Wenn etwas daneben geht, dann bezahlst du dafür. Und die Bestrafung wird dir dieses Mal nicht so gut gefallen", ermahnt er mich mit rauer Stimme, während ich weiter seinen Schwanz lutsche. Meine Fingernägel krallen sich in die saftigen Backen seines Hinters und hinterlassen rote Striemen auf seiner Haut. Der Schmerz scheint ihn noch weiter anzutreiben.

Mit fordernden Hüftbewegungen beginnt er meinen Mund zu ficken. Ich kann es kaum erwarten, seinen Samen auf meiner Zunge zu schmecken.

„Fuck", knurrt er mit tiefer Stimme, als er sich vollständig in mir ergießt. Der salzige Geschmack seines Spermas flutet meine Mundhöhle und ich schlucke gierig alles hinunter. Als er von mir ablässt und seinen Schwanz herauszieht beginne ich zu keuchen.

„Du bist so ein gutes Haustier", lobt Sam mich anerkennend und streicht dabei mit seinem Daumen über meine Wange, bevor er mir einen weiteren Befehl erteilt: „Steh auf"
Einer folgsamen Sklavin gleich erhebe ich mich. Als das Blut zurück in meine wackligen Beine schießt halte ich mich vorsichtshalber an der Tischkante fest. Der durchnässte Stoff meines Slips klebt förmlich an meiner Vulva, die noch immer vor Erregung ganz feucht ist. Als ich zu Sam sehe, betrachtet er mich für einen Moment schweigend. Dann schlingt er seinen Arm um meine Taille und zieht mich zu sich heran, um seine Lippen auf meine zu pressen. Unsere Münder vereinigen sich zu einem leidenschaftlichen Kuss, der mir jegliche Luft zum Atmen raubt.

Wir schmecken uns selbst und den Saft des jeweils anderen. Der süße Geschmack der Leidenschaft. Der Kuss dauert nur wenige Sekunden oder eine Ewigkeit. Ich kann es nicht genau sagen. Doch als Sam sich von mir löst, liegt ein zufriedener Ausdruck auf seinem Gesicht und aus einem mir unbegreiflichen Grund heraus, macht mich das wahnsinnig glücklich. Doch als Sam mich unvermittelt und scheinbar mühelos über seine Schulter hebt, meine Beine nach hinten hängend, überkommt mich Panik. Wie ein nasser Sack hänge ich über seine Schulter unfähig mich zu bewegen. Wird er mich jetzt zurück in den Käfig sperren? Ich will nicht wieder in den kalten und feuchten Keller. Ich will bei ihm bleiben. Bei ihm bleiben? Was denke ich denn da? Mit mir stimmt etwas ganz eindeutig nicht. Statt einen solchen Unsinn zu denken, sollte ich lieber darüber nachdenken, wie ich fliehen und in mein altes Leben zurückkehren. Zurück in die Freiheit und zu einem Zeitpunkt, an dem alles wieder so ungefährlich und langweilig ist wie zuvor. Das sollte ich wollen. Oder, etwa nicht? Mit einem sanften Klaps auf meinen Hintern stoppt Sam das rasende Gedankenkarussell in meinem Kopf.

„Dann verfrachte wir dich mal zurück ins Bett“, sagt er mit fröhlicher Stimme.

„Bitte nicht…ich will nicht wieder in den Käfig.“, jammere ich wehleidig, noch immer über seiner Schulter hängend.

„Was redest du denn da, Liebling? Du schläfst bei mir. Da wo ich dich am besten im Auge behalten kann.“, erwidert er, als wäre es das Natürlichste der Welt und marschiert in Richtung Schlafzimmer.

Part IIII – Insomnia

„Die Nacht ist der schweigsame Hüter dunkelster Geheimnisse"

Finsternis umhüllt die Welt. Nur das Licht des Vollmondes scheint durch die durchsichtigen Vorhänge direkt in das Zimmer hinein. Unter seinem bläulichen Schimmer wirkt Sams Haut unnatürlich blass. Seit einer gefühlten Ewigkeit liege ich schlaflos da und betrachte, wie seine Brust sich unter regelmäßigen Atemzügen hebt und senkt. Er ist komplett nackt. Im Schlaf hat er die Decke von sich weggestrampelt, weshalb ich sein schlaffes Glied sehen kann. Unter Sams Bauchnabel verläuft eine dünne Linie aus dunklem Haar. Selbst in diesem Zustand törnt mich sein Schwanz an. Ich erinnere mich daran, wie er bei meinem Blowjob vor Erregung und Lust wild in meinem Mund zuckte. Das leichte Pumpen, als er seinen Saft in meinen Rachen spritzte. Was ist nur falsch mit mir?

Warum fühle ich mich zu diesem Monster hingezogen? Er ist ein Psychopath und seinen Worten nach auch ein Mörder. Und doch wünsche ich mir nichts sehnlicher, als seinen harten Schwanz in mir zu spüren. Bisher blieb mein Verlangen nach einem erlösenden Orgasmus unbefriedigt. Das sei Teil meiner Strafe, erklärte Sam mir, bevor er sich schlafen legte. Schweigend lasse ich meine Augen über sein Gesicht und meine Finger über seine nackt Brust wandern. Er schläft tief und fest. Selbst wenn ich es wollte, ich könnte nicht fliehen. Daran erinnert mich bei jeder Bewegung das leise Rasseln der Kette, die meine Fußschließe mit der Wand verbindet. Wenigstens ist sie lang genug, so dass ich mich einigermaßen frei bewegen kann.

Ich lege mich auf den Rücken und streiche gedankenverloren über meine nackte Brust hinunter zu meinem unbekleideten Schoß. Es gäbe noch eine andere Möglichkeit, mich aus seinen Fängen zu befreien. Aber bin ich dazu überhaupt in der Lage? Oder viel mehr, will ich das wirklich? Während ich darüber nachdenke, beginnen meine Finger fast wie von selbst meine Scham zu streicheln. Erst langsam, dann immer schneller. Mein Atem beschleunigt sich und ich merke, wie ich immer feuchter werde. Doch das Gefühl meiner eigenen Hände reicht mir nicht mehr. Die Unzufriedenheit in mir wächst. Dieser Mann, der friedlich schlummernd neben mir liegt, hat mich wie ein Spielzeug benutzt, um seine eigenen Gelüste zu befriedigen, während ich auf der Strecke geblieben bin. Das Bett knarzt ganz leise, als ich mich rittlings auf Sam setze, mein Kissen fest in beiden Händen haltend. Ich muss nur zudrücken. Ein paar Minuten lang, dann ist der Albtraum vorbei und ich bin endlich wieder frei. Ist das so? Bin ich dann wirklich frei? Natürlich bist du das dann. Der Typ muss verstehen, dass er sich mit der falschen verrückten Bitch angelegt hat.

„Wenn du töten willst, Prinzessin, dann tu es schnell und gnadenlos. Ansonsten wird das nichts", brummt Sam mit geschlossenen Augen, das Gesicht leicht zur Seite geneigt. Erschrocken lasse ich daraufhin das Kissen fallen.

„Ich wollte nicht…"

„Du wolltest was nicht?", unterbricht Sam meine lahme Ausrede, bevor er seinen Kopf zu mir dreht und die Augen öffnet. Selbst jetzt fällt es mir schwer, seinem durchdringenden Blick stand zu halten.

Ich verlagere mein Gewicht, um von ihm herunterzurutschen, doch seine Hände schnellen an meine Hüfte und hindern mich daran.

„Wir sind uns gar nicht so unähnlich du und ich. Das habe ich gleich gespürt. Ich musste lange suche, bis ich dich gefunden habe. Eine Rose unter all den verdorrten Blumen. Wunderschön und dank ihrer Dornen doch so gefährlich. Aber jetzt bist du hier und ich habe nicht vor, dich wieder gehen zu lassen."

Während er spricht, wandert seine Hand über meine Hüfte hinunter zu meiner Pussy. Ich kann spüren, wie sein Schwanz zwischen meinen geschwollenen Schamlippen steif wird. Als sein Daumen beginnt, in sanften Bewegungen meine Klitoris zu stimulieren, lehne ich mich nach hinten, um ihm besseren Zugang zu gewähren. Dabei bewege ich meinen Schoß ein wenig, um meine feuchten Lippen über sein Glied gleiten zu lassen. Ganz langsam. Zentimeter für Zentimeter. Behutsam verstärkt er dabei den Druck seines Daumens.

„Es war nicht fair von mir, dich so hart zu bestrafen. Lass es mich wieder gut machen", säuselt er mit lieblicher Stimme.

„Und wie willst du das anstellen?“, hauche ich
und genieße dabei die Liebkosung seines Daumens. Seine andere Hand wandert dabei über
meinen Bauch hinauf zu meiner Brust, wo sie mit
meinem hart gewordenen Nippel zu spielen beginnt.

„Sei ein gutes Mädchen und setz dich auf mein
Gesicht, Prinzessin.“, antwortet er, woraufhin ich
überrascht eine Augenbraue hebe.

„Keine falsche Scheu. Komm hoch, ich helfe dir
auch“, ermutigt mich Sam. Zögernd setze ich
mich in Bewegung, während er gleichzeitig ein
Stück weiter nach unten rutscht, bis meine Pussy
direkt über seinem Gesicht schwebt.

„Scheiße, Liebling. Wenn ich deine Fotze so direkt vor mir sehe, dann läuft mir das Wasser im
Mund zusammen. Ich will dich schmecken.“,
raunt er heißer und drückt mich mit festem Griff
nach unten, sodass ich direkt auf seinem gierigen
Mund lande. Sofort beginnt er damit, mich mit
seiner Zunge zu verwöhnen. Hungrig leckt er
über meine Schamlippen, saugt und knabbert an
meiner Klitoris, während mein gesamter Körper
unter seinen Liebkosungen erzittert. Ich spüre,
wie seine Zunge in mich eindringt. Er dreht sie in
kleinen Kreisen, bevor er sie wieder herauszieht,

nur um Sekunden später erneut seinen Weg zurückzufinden. Meine Lust kennt keine Grenzen mehr. Ich kralle mich in sein dichtes Haar und beginne damit die Hüften auf und ab zu bewegen. Immer schneller ficke ich sein Gesicht, treibe mich dabei selbst weiter hinauf in lustvolle Höhen. Eine Mixtur aus seinem Speichel und meinem Nektar tropft Sams Kinn hinab. Ein Teufelselixier gebraut im Feuer süßer Leidenschaft. Ich will mehr. Ich will seinen harten Schwanz in mir spüren. Ich will fühlen, wie er mich komplett ausfüllt.

„Rutsch runter", befiehlt mir er mit gedämpfter Stimme und ich tue was er verlangt.

Sein Atem geht schnell und ich kann das Verlangen in seinen Augen erkennen. Ich greife nach seinem Penis und massiere ihn mit meinen Fingern. Aber meine Gier will gestillt werden und so führe ich sein Glied direkt zu meinem feuchten Eingang. Langsam lasse ich meine Hüften hinabgleiten und nehme dabei überraschend mühelos jeden Zentimeter von ihm in mir auf. Es kostet mich jede Mühe, nicht sofort zu kommen, so erregt bin ich.

„Fuck, ja. Reite mich, Prinzessin", stöhnt er leise und legt dabei seine Hände auf meine

Hüften. Er gibt den Rhythmus an, ich folge ihm bereitwillig. Mit jeder Bewegung wippen meine Brüste auf und ab, als ich mein Tempo beschleunige. Immer weiter treibe ich uns beide weiter in die Ekstase. Unser gemeinsames Stöhnen verbindet sich zu einer unheilvollen Symphonie der Lust. Schweiß glitzert auf unsere Haut, während ich ihn wild reite. Ich will im Feuer dieser Leidenschaft brennen, selbst wenn danach nur kalte Asche von mir übrig ist. Plötzlich verlagert Sam sein Gewicht und wirft mich rücklings auf die Matratze. Ich keuche überrascht auf. Mein Schoß zieht sich schmerzhaft zusammen, als er die Leere spürt, die Sams Schwanz in mir hinterlassen hat.

„Du gehörst mir.", flüstert er direkt in mein Ohr. Gierig leckt er über meinen Hals, schmeckt meine salzige Haut. Dann spüre ich seine Zähne und einen stechenden Schmerz. Ich zucke schmerzerfüllt zusammen, was Sam nur ein leises Lachen entlockt. „Ich werde dafür sorgen, dass das jeder Mann auf dieser gottverdammten Welt sofort erkennt, wenn er dich auch nur ansieht."
In einem Mix aus Küssen und Bissen bahnt er sich seinen Weg zu meinen Brüsten und hinterlässt dabei eine Spur aus dunklen Flecken auf meiner

Haut. Zeichen seiner Liebe, oder doch nur Male seiner Besessenheit.

„Ich werde dich so lange ficken, bis in deinem Kopf nur noch Platz für mich ist.", keucht er und dringt dabei mit einem kraftvollen Stoß erneut in mich ein. Von Lust und Schmerz überwältigt schreie ich auf und kralle meine Finger in seinen Rücken. Meine Nägel hinterlassen eine Reihe blutroter Striemen. Meine eigene Markierung auf seiner Haut. Dem Höhepunkt nahe schlinge ich meine Beine um seine Hüften und presse ich noch fester an mich. Ich will jeden Zentimeter von ihm in mir spüren. Sein beschleunigter Atem dringt heiß an mein Ohr. Er kommt den Höhepunkt immer näher, genau wie ich. Die Wände meiner Pussy zucken vor Verzückung. Fordernd melken sie jeden Tropfen aus ihm heraus, als wir gemeinsam unter den Wellen unseres gemeinsamen Orgasmus erschaudern.

Nach wenigen Minuten rollt sich Sam dann schließlich stöhnend von mir herunter und zieht mich in seine Arme.

„Es liegt bei dir, Liebling. Du hast es in der Hand. Bleib bei mir oder mach mich zu deinem Feind."

Wie ein Damokles Schwert schwingen seine Worte über meinen Kopf. Es ist meine Entscheidung. Aber wähle ich den falschen Weg, dann könnte der Preis, den ich dafür zahlen muss, verdammt hoch sein. Vielleicht sogar unbezahlbar.

„Ich bleibe bei dir…unter einer Bedingung", entgegne ich nach einem Moment der Stille.

„Oh, stellen wir jetzt Forderungen? Nun gut, ich bin bereit, dir zuzuhören. Was ist es, das du von mir willst?", antwortet er nonchalant und zwirbelt dabei eine meiner Haarsträhnen um seinen Finger.

„Aus meiner Wohnung möchte ich einige Kleidungsstücken und persönliche Gegenstände mitnehmen. Das ist alles, mehr will ich gar nicht.", lauten meine wohlüberlegte Antwort. Zu meiner großen Überraschung willigt Sam sofort ein.

Part IV — Gift

„BESESSENHEIT IST EIN TÜCKISCHES GIFT. JE STÄRKER ES WIRKT, DESTO VEREHRENDER DIE FOLGEN"

Am nächsten Abend fährt Sam mit mir tatsächlich in die Stadt, damit ich einige Gegenstände aus meiner Wohnung holen kann. Die gesamte Autofahrt über musste ich eine Augenbindetragen, die ich erst kurz vor dem Ziel ablegen durfte. Es ist bereits dunkel, als wir den Gebäudekomplex erreichen, in dem sich mein Appartement befindet. Meine Wohnung befindet sich im obersten Stockwerk dieses schmalen aber hohen Gebäudes.

„Wir sollten den Aufzug nehmen", schlage ich vor, als wir gemeinsam durch die gläsernen Türen schreiten und die Eingangshalle betreten. Zielstrebig marschiert Sam zu den Aufzügen. Es ist ganz eindeutig nicht das erste Mal, dass er hier ist, aber wen wundert es. Er hatte mir ja bereits erzählt, dass er mich schon länger im Auge hat. Als ich neben ihn trete, öffnen sich leise summend die metallenen Fahrstuhltüren. Ich trete hinein und betätigte den Knopf, der uns hinaufführen soll, in den vierzehnten Stock. Doch bereits im dritten Stock hält der Aufzug und eine ergraute Dame tritt hinein. Um ihr Platz zu machen, stellt sich Sam direkt hinter mich.

„Ah sie sind es. Junge Dame, ich habe mir schon Sorgen um sie gemacht. Sonst treffen wir uns doch immer jeden Morgen am Briefkasten und in den letzten Tagen war nichts von ihnen zu sehen oder zu hören. Geht es ihnen denn gut? Sie sind doch nicht etwa krank geworden? Es ist Grippezeit, da kann es einen schnell erwischen.", erkundigt sich die alte Frau mit krächzender Stimme und sieht dabei besorgt zu mir. Gott, alte Menschen sind so verdammt neugierig. Und dabei ist das doch sprichwörtlich der Katze Tod. Ich kann spüren, wie sich Sam hinter mir verkrampft und sein Blick sich förmlich in meinen Hinterkopf bohren. Jetzt wäre ein guter Zeitpunkt um Hilfe zu bitten. Ich könnte ihr sagen, dass der Mann hinter mir mich entführt hat. Dass er mich betäubt und eingesperrt hat. All das könnte ich ihr erzählen und doch tue ich es nicht. Stattdessen

hebe ich beschwichtigend die Hände nach oben und antworte lächelnd: „Nein Frau Müller, mir geht es gut. Ich war die letzten Tage nur bei jemanden zu Besuch. Jetzt möchte nur ein paar Sachen aus meiner Wohnung holen und dann verschwinde ich auch schon wieder."
Wieso habe ich ihr nicht die Wahrheit gesagt? Es wäre doch so einfach gewesen. Aber etwas in meinen Inneren hat mich davon abgehalten. Ein unergründliches Gefühl. Die paradoxe Tatsache, dass ich für Sam etwas empfinde, fernab von Hass oder Verachtung.

„Sie war bei mir, Frau Müller. Es tut mir leid, wenn sie sich Sorgen um sie gemacht haben.", mischt sich Sam in das Gespräch ein und legt dabei besitzergreifend seinen Arm um meine Taille. Daraufhin erhellt sich die Miene der alten Dame und ein Lächeln huscht über ihr faltiges Gesicht. Kaum merklich zucke ich zusammen, als ich spüre, wie sich die Finger seiner anderen Hand von hinten unter meinen Rock schieben. Beinahe schmerzhaft zwickt er in meine Pobacke, was mir einen spitzen Ton entlockt.

„Ach, das freut mich aber. Sie sind ein hübsches Paar. Passen sie nur gut auf ihre Freundin auf. Die Welt ist verrückt geworden und da draußen laufen viele Männer mit bösen Absichten herum", mahnt Frau Müller mit erhobenem Zeigefinger, woraufhin Sam den Griff um meine Taille nur weiter verstärkt.

„Keine Sorge. Ich habe nicht vor, meine Liebste aus den Augen zu lassen. Ich behalte sie ganz nah bei mir", lacht er laut auf, was von Frau Müller mit einem zufriedenen Kopfnicken quittiert wird. Sams Finger finden ihren Weg unter meinen Slip und streicheln meine Schamlippen. Ich muss mich sehr anstrengen, um nicht aufzustöhnen. Wenige Augenblicke später kommt der Aufzug ruckelnd zum Stehen und ein hoher Ton kündet von unserer Ankunft. Wir verabschieden uns von Frau Müller und verlassen den Fahrstuhl um zielstrebig in Richtung meiner Wohnung zu gehen, die sich am Ende des mit rotem Teppich ausgelegten Flurs befindet. Sam sieht sich ungeduldig um, während ich mit zittrigen Fingern die Tür aufschließe. Es sind nur wenige Tage vergangen, aber dennoch riecht mein eigenes Zuhause plötzlich fremd für mich. Ich lege den Schlüssel auf meiner Kommode ab und gehe ins Schlafzimmer und dort eine Reisetasche zu packen. Sam bleibt derweil im Gang stehen, die Hände tief in den Taschen seiner Lederjacke vergraben.

„Beeil dich", brummt er. Sein Blick wandert zu der Vase auf meinem Küchentisch. Traurig lassen die verwelkten Blumen ihre Köpfe hängen. Ein ergrautes Blütenblatt löst sich, gleitet auf die Tischplatte und gesellt sich zu den anderen vertrockneten Überresten.

„Weißt du was ich mich frage? Wie konntest du mich die ganze Zeit über beobachten? Die Wohnung liegt im obersten Stock. Du wirst dich ja wohl kaum auf meinen Balkon geseilt haben.", erkundige ich mich neugierig. Eine vollgestopfte Tasche geschultert, stehe ich im Türrahmen und betrachte sein Gesicht. Versuche die Wahrheit aus seinen Augen herauszulesen.

„Mein neugieriges Vögelchen", schmunzelt Sam kopfschüttelnd. Er setzt sich in Bewegung und bleibt unter einem der Feuermelder stehen. Da er groß gewachsen und die Decke relativ niedrig ist, kann er das Gerät mühelos herunterschrauben. Ungläubig beobachte ich ihn dabei, wie er ein kleines schwarzes Gerät aus dem Inneren des Melders herausholt. Eine Kamera, an deren Seite aufgeregt ein rotes Licht blinkt.

„Eigenkreation. Davon hab ich in jedem Zimmer einen angebracht.", erklärt er trocken.

„Wie?", flüstere ich fassungslos.

„Zuerst ein wenig Internetrecherche. Der Rest war dann ein Selbstläufer. Mit der richtigen Verkleidung und einem gut gemachten Ausweis kommt man überall rein.“, zwinkert er mir zu, bevor er den Feuermelder wieder an der Decke anbringt. Ich schlucke das Wort herunter, dass mir auf der Zunge liegt: Psycho. Doch ich muss zugeben, dass mich sein kaltes Kalkül in gewisser Weise beeindruckt.

„Ich habe alles zusammengesucht was ich brauche. Wir können dann los.“, sage ich und tätschle dabei die Tasche. Sam nickt und will sich bereits zum Gehen abwenden, als sein Blick an etwas hängen bleibt, das aus meiner Reisetasche lugt. Mit einer flinken Bewegung zieht er ein schwarzes Spitzenhöschen hervor und hält es mir direkt vor die Nase.

„Kann es kaum erwarten dir das mit den Zähnen vom Leib zu reisen“, lächelt er verheißungsvoll. Seine Worte treiben mir die Schamesröte ins Gesicht.

„Du bist unmöglich“, zische ich und angle dabei nach dem Kleidungsstück. Noch immer leicht errötet, stopfe ich den dünnen Stofffetzen zurück in das Innere meiner Tasche. Kichernd wendet sich Sam schlussendlich zum Gehen ab. Ich folge ihm und werfe einen letzten Blick über meine Schulter, bevor ich die Tür hinter mir schließe. Den Schlüssel lasse ich auf der Kommode zurück. Es dauert quälend lange, bis der Aufzug endlich wieder hochfährt und wir einsteigen können. Mir ist bewusst, dass Sams Augen immer wieder zu mir wandern. Er wirkt unruhig. Wie ein Raubtier das Blut gewittert hat. Über die verspiegelten Wände des Fahrstuhls versuche ich ihn unauffällig zu betrachten, aber unsere Blicke treffen sich. Sam steht direkt hinter mir. Sein Atem streicht über meinen Nacken als er sich vorbeugt und über meine Schulter greift um den roten Knopf zu betätigen, der sich ganz unten auf dem Bedienfeld befindet. Begleitet von einem lauten Quietschen, kommt der Fahrstuhl zum Stehen.

„Was machst du da?", frage ich überrasch und versuche mich zu ihm umzudrehen. Doch er hält mich mit seinen starken Händen zurück.

„Kopf nach vorne und Hände an die Wand", befiehlt er mit kalter Stimme. Der harsche Tonfall bringt mich dazu, ihm sofort Folge zu leisten. Gierig wandern Sams Hände über meine Hüften und zerren den Rock nach oben. Erregt reibt er sich an meinem Hintern, während seine Finger ungeduldig an dem zarten Stoff meines Tangas zupfen, der zwischen meinen geröteten Arschbacken verschwindet.

„So saftig, da möchte man am liebsten reinbeißen", raunt Sam mir ins Ohr, während er mein Hinterteil massiert. Ich höre das Klappern seiner Gürtelschnalle und das Surren des Reißverschlusses, bevor er seinen erigierten Penis hervorholt und ihn durch meine gespreizten Pobacken gleiten lässt. Ein unterdrücktes Stöhnen kommt über meine Lippen Ich habe Angst, dass uns jemand außerhalb dieser Wände hören könnte.

„Spreiz die Beine. Ich werde dich hier und jetzt ficken und ich will keinen Mucks von dir hören. Für jedes laute Geräusch, das du machst, muss ich dich bestrafen. Haben wir uns verstanden?"

Unsere Blicken treffen sich erneut in der verspiegelten Wand. Als ich nicht sofort antworte, hebt er ungeduldig eine Augenbraue, woraufhin ich sofort zu nicken beginne. Mit einem zufriedenen Lächeln auf den Lippen, führt Sam seine Finger zu meiner feuchten Pussy. Forsch schiebt er den Stoff meines Tangas zur Seite und beginnt in sanften Kreisen und mit angenehmen Druck meine Klitoris zu massieren. Noch kann ich mich zurückhalten, aber als er gleich zwei Finger in mich einführt, kann ich ein Stöhnen nicht unterdrücken. Zu meinem Leidwesen zieht Sam daraufhin seine Finger aus mir zurück und ich keuche unzufrieden auf.

„Was habe ich dir gesagt? Du sollst still sein. Jetzt muss ich dich bestrafen", knurrt er und fixiert mich über die Spiegelwand hinweg mit einem verheißungsvollen Blick. Ich beobachte, wie er seine Finger, die von einer glänzenden Schicht meines Nektars umhüllt sind, an seine Lippen führt und genüsslich daran leckt. Ein lautes Klatschen erfüllt den winzigen Raum, als Sam mir kurz darauf unvermittelt und mit voller Wucht auf den Hintern schlägt. Ich beiße mir heftig auf die Unterlippe um den Aufschrei zu unterdrücken, der meine Kehle emporkriecht.

„Braves Ding", säuselt er mir zu und streichelt dabei den roten Abdruck, den seine Hand auf meiner blassen Haut hinterlassen hat. Meinen Mund öffnet sich einen Spalt breit, als er seine Finger zu ihm führt. Sein Daumen streicht über meine Unterlippe, bevor er sanft aber bestimmend seinen Zeige- und Mittelfinger in meine feuchte Mundhöhle schiebt.

„Saug dran", fordert er mich auf. Als ich tue, wie mir befohlen, dringt Sam mit einem einzigen Stoß tief in mich ein.

Meine Schamlippen spreizen sich, empfangen sein Glied mit ihrer Wärme. Ich beiße zu um einen Lustschrei zu unterdrücken und lecke dann mit der Zunge über die Zahnabdrücke auf seinen Fingern.

„Du treibst mich in den Wahnsinn, Prinzessin", keucht Sam, während er mich mit harten Stößen bearbeitet. Immer wieder zieht er seinen Penis heraus, nur um in Sekunden später in voller Länge wieder in meiner nassen Pussy zu versenken. Ich stelle meine Beine ein Stück weiter auseinander, damit ich noch mehr von ihn in mir aufnehmen kann. Meine Brüste wippen bei jedem Stoß auf und ab. Die Realität um mich herum verschwimmt zu einem Meer aus Lust und Leidenschaft. Gierig lecke und sauge ich an seinen Fingern, schmecke das Aroma meines eigenen Safts auf der Zunge. Sams Stöße werden härter, fordernder. Seine freie Hand wandert unter meinen Pullover und hinauf zu meinem Bauch. Ruckartig zieht er mich noch näher zu sich heran, während seine prallen Eier im regelmäßigen Takt gegen meinen zitternden Hintern schlagen. Automatisch drückt sich mein Rücken durch, als seine Hand meine Brust erreicht und den BH ungestüm nach unten zerrt.

Mit den Fingerspitzen streicht er über meinen Nippel und bringt die Knospe dazu, sich ihm auffordernd entgegenzustrecken.

„Das gefällt dir, oder? Ich kann spüren wie du enger wirst. Fuck, deine Fotze ist so geil", stöhnt Sam und fickt mich dabei noch härter. Die Lust scheint ihn vollkommen zu übermannen, als er sein Gesicht nach unten neigt und in die empfindliche Stelle zwischen meinem Hals und der Schulter beißt. Seine Zähne graben sich tief in mein zartes Fleisch und lassen mich unter der Mixtur aus Schmerz und völliger Erregung erschaudern. Mit der Zunge leckt er über die Bisswunde, bevor er mir erneut einen Befehl ins Ohr flüstert: „Nimm jetzt eine Hand von der Wand und spiel mit deiner süßen Pussy."

Ergeben tue ich, was er will, und beginne damit, zwei meiner Finger zwischen meinen Schamlippen entlangzuführen. Ich bin so unfassbar feucht. Meine Finger gleiten weiter nach unten, bis ich seinen Schwanz berühren kann, der tief in mir steckt. Lustvoll stöhnt Sam auf, als meine Fingerspitzen den unteren Teil seines Schaftes liebkosen.

„Du sollst nicht mich, sondern dich berühren. Ich will, dass du deine Klitoris massierst", knurrt er heiser und ich tue bereitwillig, was er verlangt. Das köstliche Ziehen in meinen Unterleib schwillt immer weiter an und ich lechze nach Erlösung. Immer schneller reibe ich über meine geschwollene Perle und treibe mich selbst dem Höhepunkt entgegen.

„Du ungeduldiges kleines Ding", lacht Sam leise und legt dabei seine Hand auf meine. So hält er mich davon ab, mir die Befriedigung zu verschaffen, die ich so sehr ersehene. Mit der anderen Hand greift er unter mein Kinn und dreht meinen Kopf so, dass ich über die Schulter direkt in sein Gesicht sehen kann. Mit der Zunge leckt er mir erst über die Lippen, bevor er sich dazwischen drängt und mir mit einem leidenschaftlichen Kuss den Atem raubt. Mein Blick ist verklärt, als er von mir ablässt und mir zuflüstert: „Willst du kommen? Dann sag brav bitte."

„Ja, bitte"

„Bitte was? Du musst schon deutlicher werden, sonst kann ich dir nicht helfen", erwidert Sam mit sanfter Stimme, als würde er ein Kind belehren.

„Ich will kommen, während du mich fickst", wiederhole ich meinen Wunsch, woraufhin ein zufriedener Ausdruck auf seinem Gesicht erscheint.

„Alles was du willst, Liebling", raunt Sam und bewegt seine Finger so, dass sich meine automatisch mitbewegen.

Unsere Fingerspitzen streicheln abwechselnd über meine geschwollene Lustperle, während sein massives Glied mit harten Stößen immer wieder in mich eindringt. Mein Atem beschleunigt sich, während mein Herz wie verrückt in meiner Brust schlägt. Ich bin der Erlösung so nahe und auch er ist kurz davor. Mit einem letzten Stoß pumpt er seinen heißen Samen in mich, während meine zuckende Pussy den letzten Tropfen aus ihn heraus kitzelt. Wie eine Welle rollt der Orgasmus über meinen gesamten Körper. Die Endorphine rauschen durch meine Blutbahn und fluten jede einzelne Faser. Sie sind wie ein Gift, dass sich gnadenlos seinen Weg durch mein Inneres bahnt und mein Herz infiziert. Eine Droge, die die Kontrolle übernimmt und mich absolut süchtig macht. Süchtig nach diesem fremden Mann, für den ich bereit bin, mein bisheriges Leben in den Müll zu werfen. Es ist ein Tanz am Rande des Wahnsinns und ich drohe, jederzeit in den Abgrund zu stürzen. Meine Beine beginnen zu zittern und es fällt mir schwer, aufrecht stehen zu bleiben.

„Ich halte dich“, wispert Sam und drückt mich dabei fest gegen sich. Mit geschlossenen Augen schmiege ich mich an seine Brust und genieße dabei die Wärme seiner starken Arme. Herz über Kopf.

Nachdem ich wieder zu Atem gekommen bin und meine Kleidung gerichtet habe, betätigt Sam erneut den roten Knopf und der Aufzug setzt sich brummend in Bewegung. Mein beschämter Blick wandert hinauf zu der Kamera, die mir mit ihrem blinkenden Licht signalisiert, dass jede Sekunde unseres Liebesspiels aufgezeichnet wurde.

„Ich hoffe, die haben die heiße Show genossen“, sagt Sam mit emotionsloser Mine, als er meinen Blick bemerkt. Als sich die Fahrstuhltüren öffnen, herrscht eine beinahe gespenstische Stille in der Eingangshalle. Die Nacht ist bereits hereingebrochen und die Bewohner haben sich in ihre Wohnungen zurückgezogen. Unsere Schritte hallen in der Stille, als wir gemeinsam auf den Ausgang zusteuern. Sobald ich aus der gläsernen Tür trete, werde ich meine alte Welt hinter mir lassen. Endgültig. Die Vergangenheit wird vergessen und was die Zukunft bringen mag, liegt in Dunkelheit verborgen. Ein Rendezvous mit der Ungewissheit.

Als Sam die Tür für mich öffnet, greife ich nach seiner Hand. Einen Augenblick lang sieht er mich verwundert an, bevor er lächelnd seine Finger mit meinen verschränkt und mich hinausführt in die sternenlose Finsternis.

„Mit dem Tod tanzt man nicht"

Eine Welt voller Bücher

Unvergessliche Abenteuer
Faszinierende Charaktere
Neue Welten und Ideen

Bei Infinity Gaze endet
die Lesereise nie!

Jetzt entdecken unter:
www.infinitygaze.com